Truitc à la slave

Du même auteur,
chez le même éditeur

Le Pingouin, 2000

L'Ami du défunt, 2002
(et «Piccolo» n°85)

Les pingouins n'ont jamais froid, 2004

Le Dernier Amour du président, 2005

Laitier de nuit, 2010

Surprises de Noël («Piccolo» inédit n°75), 2010
(«Piccolo» inédit n°75)

Le Jardinier d'Otchakov, 2012

Andreï Kourkov

Truite à la slave

Traduit du russe
par Annie Epelboin

Pour Anne-Marie
et ses amis lecteurs
avec grand plaisir !

8.02.2015

LIANA LEVI *piccolo*

Reims

Titre original : *Forel a la nejnost*

www.lianalevi.fr

1

– On va chez Dimytch !

Ce cri enthousiaste avait, durant plusieurs années, inauguré les virées de leur bande joyeuse au restaurant *Casanova.* Ils y débarquaient en général vers dix heures et venaient vérifier tout d'abord si le chef était bien là, sous sa toque blanche d'une hauteur invraisemblable.

On disait que la toque était amidonnée tous les matins par les soins de Véra, sa maîtresse, qui avait l'air d'avoir vingt-cinq ans, soit deux fois et demi moins d'âge et autant de corpulence en moins que son cuistot bien-aimé. Il leur arrivait de tomber sur elle, au restaurant, elle portait une mini-jupe et un pull moulant de couleur vive. Ses yeux naturellement ronds étaient surplombés de faux cils allongés. Un petit sourire narquois animait ses lèvres fines sous un nez légèrement retroussé.

Le chef cuisinier s'appelait donc Dimytch. Vania Soleïlov avait toujours pensé que c'était le diminutif de Dimitriévitch, mais en fait, c'étaient des amis de sa jeunesse qui avaient ainsi transformé son nom de famille, Nikodimov.

Soleïlov se rappelait comment des vieux copains l'avaient amené pour la première fois dans ce resto. On l'avait conduit directement chez le chef, comme s'il s'agissait là d'un club privé de gastronomie, où seul le chef pouvait donner le feu vert et sélectionner les convives. Dimytch, cette fois-là, l'air pensif, avait longuement regardé Vania, et il était évident qu'il avait autre chose en tête. Soleïlov, lui, étant de bonne humeur, avait décidé d'entrer dans son jeu et de passer cet examen visuel un peu particulier. Il lui avait tendu la main, en disant, comme quand il était gosse : « Vania Soleïlov. » D'un signe de tête, Dimytch avait approuvé, il avait émergé de ses pensées en disant : « Je sais, je sais… » puis il avait adressé le même signe de tête à ceux qui avaient amené Vania auprès de lui. Maintenant, bien sûr, tout ça n'avait plus d'importance.

Le *Casanova* était situé dans un petit sous-sol qui avait servi auparavant de club d'arts martiaux, et pouvait recevoir au plus une trentaine de clients à la fois. Les petites tables étaient rondes, idéales pour trois. Ils venaient en général à cinq et ils devaient alors s'entasser autour de deux tables qu'on avait accolées. Mais ça leur donnait aussitôt le sentiment d'être proches et unis. Et surtout, les plats que préparait Dimytch les mettaient toujours en joie.

On racontait qu'il avait passé sa vie à naviguer comme maître-coq sur des bateaux de croisière. Et pas n'importe lesquels, il avait connu les plus grands paquebots, et même l'*Amiral Nakhimov* à bord duquel il avait achevé son service, juste avant la dernière croisière du navire. Il avait formé et laissé à sa suite une relève digne de ce nom. Il est vrai qu'il dut ensuite passer par une bonne dizaine de bistrots d'Odessa, dont la clientèle comme les patrons étaient sans le sou, n'avaient guère plus de trois ans d'école dans la tête et arboraient en revanche sur la poitrine et autres surfaces de leur anatomie des volutes de tatouages hérités de la prison. Après s'être disputé avec son dernier patron, Dimytch avait jugé plus raisonnable de quitter Odessa. Et pour ceux qui doivent partir d'Odessa, le choix des destinations est simple : New York, Tel Aviv, Moscou ou Kiev. En homme à qui l'âge a conféré une certaine satiété organique, il préféra l'itinéraire le plus court.

Au *Casanova* officiaient deux serveurs raffinés, Génia et Tarass-Tacis. Au début, Soleïlov pensa que Tacis était son nom, mais il apprit que c'était celui d'une organisation internationale qui offrait aide et soutien matériel à l'Ukraine. Tarass avait réussi à obtenir d'eux une bourse pour aller aux États-Unis participer à une rencontre d'homos venus d'Europe et d'Amérique. Il ne parlait alors aucune langue étrangère, pas plus qu'aujourd'hui, si bien que Soleïlov en vint à penser qu'ils avaient peut-être, entre homos, une langue à eux, du genre de l'espéranto.

Dimytch avait pour ses serveurs des attentions touchantes. Il leur caressait parfois, comme un père, le dos et les épaules. Dans ces moments, il avait le regard tourné vers l'intérieur, vers son passé, comme s'il avait lui-même été un jeune homo plein de tendresse et qu'il se rappelait cette époque avec tristesse et émotion.

Mais dès qu'apparaissait Véra, son regard se remettait en place et il cessait de voir Génia et Tarass-Tacis. Ils ne faisaient plus que de brèves incursions à la cuisine en y déposant des papiers avec le numéro de la table et le nom des plats. Véra était assise dans un coin et regardait son cuistot bien-aimé exécuter, sous la toque amidonnée par ses soins, des prodiges de gastronomie. Parfois il déposait à l'improviste sur ses genoux une petite assiette contenant une des délicatesses qu'il venait de confectionner. Il lui donnait aussi une fourchette à dessert, jamais une fourchette normale, comme si ses mains miniatures étaient inconciliables avec des couverts standard. Et, comme Cendrillon, elle restait assise, penchée sur son assiette, à manger des coquilles Saint-Jacques ou d'autres mets du même genre avec sa petite fourchette à dessert.

Un jour, il y eut soudain du nouveau : Dimytch avait disparu ! Mais où et comment ? C'est ce que Vania Soleïlov, en tant qu'ancien flic et détective privé débutant, fut chargé d'éclaircir. Voici comment les choses se passèrent.

2

Un matin, à dix heures, il vit débarquer chez lui trois hommes corpulents, élégamment vêtus. Ils retirèrent leurs manteaux et entrèrent au salon. Ils jetèrent un regard respectueux sur les meubles anciens et la photo de couple en noir et blanc, sur le mur, où *elle* et *lui* considéraient l'époque actuelle du haut de leur lointain passé, ayant alors au plus quarante ans et une vie qui semblait les satisfaire.

– Vous venez d'une bonne famille, dit l'un des trois en s'asseyant à la table de la salle à manger.

Les deux autres s'assirent à ses côtés. Soleïlov prit place en face.

– Nous sommes de l'Association des chefs cuisiniers indépendants d'Ukraine, reprit celui qui, de toute évidence, était à la tête du trio. Monsieur Nikodimov était un membre éminent de notre association. Sa disparition nous inquiète. Nous sommes sûrs que vous allez nous aider à éclaircir cette affaire !

Celui qui était assis à sa gauche posa sur la table une longue enveloppe élégante.

– Voici ma carte de visite ! dit celui qui parlait en tendant un rectangle blanc à Soleïlov.

Soleïlov lui offrit la sienne en réponse.

– J'ai dû, moi aussi, changer de nom de famille, opina l'autre, après avoir considéré la carte.

Soleïlov jeta un coup d'œil sur la carte qu'on lui avait remise : « Ivanov Valéri Iakovlévitch ».

« D'accord, pensa-t-il, je vois pour qui il me prend. »

Et ses yeux reprirent leur expression accueillante.

3

La première chose que Soleïlov réussit à savoir, c'est qu'aussitôt après la disparition de Dimytch, Génia avait dû être emmené à l'hôpital, suite à une grave crise de névralgie. Mais, dès le lendemain matin, Véra et Tarass-Tacis étaient venus l'en tirer. Ils se retrouvèrent tous les trois au restaurant, et c'était désormais Véra qui cuisinait à la place de Dimytch. Cependant, une quantité de plats de confection difficile avaient disparu de la carte.

Et l'atmosphère aussi s'était détériorée. Tarass-Tacis distribuait les plats aux clients sans un mot, avec une expression si affligée qu'il avait pris l'allure non plus d'un serveur mais d'un employé des pompes funèbres. Véra jetait de temps à autre dans la salle un regard désormais dépourvu de la moindre lueur, même si elle continuait à orner ses petits yeux ronds de faux cils et à les souligner au crayon. Il est vrai qu'elle ne portait plus de mini-jupe mais un pantalon serré. Elle s'était confectionné une toque de cuisinier de hauteur modérée, qu'elle amidonnait comme à l'accoutumée, ce qui lui permettait de garder en toute occasion la forme requise.

Auparavant, Soleïlov s'amusait à lui faire du gringue, surtout après quelques verres de bon vin. Et elle se prêtait au jeu. Ils gardaient une distance d'au moins deux mètres, mais les signes de tête, les sourires, les clins d'œil ne manquaient pas de combler cet espace. Comme des étincelles lors d'un contact électrique. Il avait parfois envie de parler avec elle, mais, dans ces moments-là, ses copains ne lui permettaient pas de s'échapper du cercle de leur tablée. Ils ne voulaient surtout pas que Dimytch se fâche contre lui au prétexte qu'il faisait des avances, somme toute bien innocentes, à sa mignonnette.

Et maintenant que l'Association des chefs indépendants d'Ukraine lui avait demandé, paiement à l'appui, de débrouiller lc mystère de la disparition de Dimytch, Soleïlov passait directement à l'action en venant s'installer, comme de bien entendu, à une table du *Casanova.*

Tarass-Tacis apporta la carte, d'où avaient été rayés au feutre noir un grand nombre de plats que Soleïlov connaissait, comme si les pages du menu avaient été sévèrement contrôlées par la censure.

Il commanda une julienne de pigeon aux champignons, un verre de vin d'Espagne et demanda au serveur de s'asseoir un instant à sa table. Tarass-Tacis accepta, mais il porta d'abord la commande en cuisine.

– Bien sûr, je sais des choses, répondit-il du tac au tac, mais vous n'êtes pas de la police... De toute façon, d'ici quelques jours, vous saurez tout... Vous devez simplement, ces jours-ci, manger tous les soirs exclusivement chez nous.

Ayant énoncé ces propos, il se leva d'un air important et se dirigea vers un client âgé qui venait de prendre place à une table située près de la porte.

Au bout de vingt minutes, Véra sortit de la cuisine. Elle déposa le plat devant Soleïlov et s'assit elle-même à côté de lui.

– Vous cherchez Dimytch, émit-elle avec un soupir triste. Si vous n'y voyez pas d'inconvénient, je vais dîner avec vous…

Cinq minutes après, elle revint à la table sans sa toque ni son tablier blanc. Elle posa devant elle une petite marmite avec un ragoût de poulet et un verre de vin blanc.

– Véra, vous savez certainement quelque chose, murmura Vania Soleïlov.

– Vous savez comment il m'appelait ? « La petite Véra », dit-elle avec un sourire songeur. Effectivement, je suis petite, et je m'appelle Véra…

– Qui l'a vu en dernier ? insista Soleïlov.

Elle lui jeta un regard pensif.

– Nous l'avons tous vu en dernier, vous aussi… Il n'était pas en grande forme…

– Mais qu'est-ce qui lui est arrivé ? Où est-il passé ? Pourquoi la police n'est-elle pas à sa recherche ? Et vous, finalement, pourquoi n'êtes-vous pas allée déclarer sa disparition ?

Véra haussa les épaules. Puis elle passa la main sur son pull de laine rouge. Il était évident que le rôle de la Cendrillon silencieuse et énigmatique lui plaisait davantage que celui de Shéhérazade. Si bien que Soleïlov renonça à attendre la réponse et attaqua tranquillement sa julienne. Les champignons blancs et les morceaux de pigeon qui ressemblaient à du poulet lui fondaient dans la bouche. Il croquait de temps en temps des épices, dont le goût était assez extraordinaire : l'acidité du citron, l'arôme de la fumée où a cuit le bacon anglais, le goût vanillé de la crème fraîche qu'on vient de fabriquer. Il se prit à penser : « Comment toutes ces saveurs exquises se trouvent-elles concentrées dans des grains qui craquent sous la dent ? »

– Vous savez, reprit soudain Véra, Dimytch avait, depuis l'enfance, une peur bleue des médecins… À trois ans, on lui avait retiré les amygdales et il avait failli être étouffé par son propre sang... Il me racontait ça parfois, et ça le faisait pleurer...

– Vous avez dit qu'il était malade ? embraya Soleïlov d'un ton déterminé.

– J'ai dit qu'il n'était pas en forme, corrigea-t-elle.

– Quelle est la différence, d'après vous ?

– On est malade quand on a des maladies, expliqua-t-elle, et on est en mauvaise forme quand c'est tout le corps ou bien le psychisme...

– Il avait des problèmes psychiques ?

– Vous manquez de finesse, fit remarquer Véra en levant ses yeux ronds vers son interlocuteur. Franchement, j'ai du mal à comprendre pourquoi il avait une telle tendresse envers vous ! Il ne vous connaissait pratiquement pas !

– Envers moi ? (Cette fois, c'était Soleïlov qui s'offusquait.) D'où sortez-vous ça ?

– De son testament...

– Il a laissé un testament ?

Soleïlov ne put contenir sa joie : il tenait enfin quelque chose !

– Oui… Et, conformément à son testament, vous pourrez en prendre connaissance dans trois jours…

– Mais quand l'a-t-il écrit ?

– Il y a une semaine.

– Il savait donc qu'il allait mourir ?

– Chacun d'entre nous le sait, et la moitié des gens ont déjà des testaments tout prêts.

– Vous voulez dire qu'il n'est peut-être pas mort ? Alors pourquoi dois-je prendre connaissance de son testament dans trois jours ? Si vous êtes disposée à me le montrer, ça veut pourtant dire qu'il n'est plus en vie.

– Oui, si vous voulez. Mais on ne peut pas pour autant le considérer comme mort…

Soleïlov acheva sa julienne et fixa sur Véra des yeux qui cherchaient, par-delà les siens, les signes d'un désarroi ou d'un déséquilibre mental.

Mais le regard de Véra demeurait triste et concentré.

– Dans ce cas, où est-il ? En réanimation ? Comme dans la blague…

Elle eut un profond soupir :

– Vous savez, je suis très fatiguée, et votre humour me fatigue encore plus !

Elle se leva.

– Pour le dîner de demain, nous vous avons réservé la table dans le coin, là-bas ! Vous viendrez à sept heures ?

Soleïlov, pour le coup, en resta sidéré, il avala sa salive et fit un vague signe. Elle s'éloigna, le laissant à sa stupéfaction. Ils avaient donc tout mis au point ? Ils avaient décidé de redresser les finances du restaurant à ses frais ?

Cette idée lui fit reprendre ses esprits. Il se leva, demanda à Véra de sortir de la cuisine et de lui établir une note détaillée pour qu'il puisse se faire rembourser les frais par l'Association des chefs indépendants d'Ukraine. C'était, en fait, en service commandé qu'il prenait ces repas ! Si ce n'avait pas été pour eux, il aurait certainement préféré aller au McDo et se dispenser de tout ce raffinement et de toutes ces questions ! Il aurait été, du même coup, dispensé de cuistot ! Un *fast food* où tout est si rapide qu'on n'y prend pas le temps de préparer les plats !

Il pleuvait dans la rue Vetrov. Le vent le poussait en direction de la gare alors qu'il devait remonter la rue Tolstoï. Et la pluie lui fouettait le visage, lui lavait les yeux et lui trempait les joues. Il tenait dans sa main droite un cartable à l'ancienne, et dans la gauche un parapluie fermé. Il n'osait pas l'ouvrir : il y manquait deux baleines et il n'était présentable que quand il était fermé. Soleïlov, tout en pensant à la pluie, jeta un regard sur ce parapluie, prit conscience du poids inutile que portait sa main gauche et le jeta par-dessus la clôture du Jardin botanique. Le soulagement fut immédiat. Du moins pour sa main gauche.

Il n'avait plus aucun corps étranger dans cette main et l'anneau « de divorce » qu'il avait depuis longtemps transféré à son annulaire gauche était devenu terne et familier : ayant perdu l'éclat de l'or, il ne se distinguait plus de la peau.

4

Vers minuit, il se lava les dents dans la salle de bains. Il les récurait comme il avait jadis récuré sa boucle de ceinture à l'armée. Il n'y a rien de plus agréable que de s'endormir avec un parfum de fraîcheur sauvage dans la bouche. Surtout quand on s'endort dans la solitude la plus totale. Il se rinça la bouche à plusieurs reprises, en recrachant l'eau bruyamment. Mais il lui fallut quand même en reprendre une gorgée et glouglouter à nouveau en la faisant gicler d'avant en arrière entre ses dents serrées, comme font sans doute les baleines pour filtrer le plancton. Soleïlov ne se nourrissait pas de plancton et s'efforçait donc de s'en débarrasser. Il finit par découvrir la cause de son désagrément, un petit grain de poivre noir fixé entre ses dents. Pour en finir, il dut couper dix centimètres d'un fil spécial en nylon, qui seul lui permit de rétablir définitivement l'ordre dans sa bouche. Et à présent, épuisé par ce combat pour l'hygiène et la santé de ses dents et de ses gencives, il était disposé à dormir avec un enthousiasme bien supérieur à celui qu'il était censé avoir eu, à l'époque soviétique, à l'égard du travail et de la défense du pays.

5

Le matin, l'invitation à dîner au *Casanova* qui lui avait été faite la veille lui donna une impression plutôt agréable. Il suffisait d'ailleurs qu'il jette un coup d'œil dans son frigo pour que n'importe quel repas à l'extérieur de sa cuisine lui semble paradisiaque. Sur l'étagère du haut était soigneusement enveloppée dans un papier gras la queue desséchée d'un maquereau fumé. Quant aux étagères du bas, mieux valait ne pas y regarder de trop près… La vie de célibataire a ses avantages, mais ils ne passent pas par l'estomac. Soleïlov ne veillait avec soin qu'à l'approvisionnement de son domicile en thé et café. Le reste apparaissait au gré du hasard et du caprice de certains.

Il avait, pendant un certain temps, reçu la visite d'une jeune personne de sa connaissance qui changeait l'argent au kiosque du coin. La première fois, elle apporta du chocolat. Mais la fois suivante, elle arriva carrément avec un bâton de saucisson et une miche de pain frais. Malheureusement, son engouement pour lui cessa aussi mystérieusement qu'il avait commencé. Il n'eut pas le temps de comprendre ce qui l'avait attirée. Dommage, si elle le lui avait dit, il aurait pu renforcer cette part de sa personne qui échappait à lui-même. Ce qui aurait pu, au final, mettre un terme à sa vie de célibataire ! Et il n'aurait plus eu, le matin, à jeter dans le frigo ce coup d'œil inquiet, comme celui qu'il jetait, durant son enfance, sous l'oreiller, dans l'attente d'un bonbon qu'un père Noël quelconque aurait pu y déposer alors qu'il dormait !

Le soleil éclaira cette journée pendant trois heures. Puis il se cacha derrière les nuages. Le vent recommença à souffler, mais, cette fois-ci, seulement dans le dos de Soleïlov, comme pour le faire avancer.

Il se pointa au restaurant à six heures et demie. Ce n'est que sur le seuil qu'il se rappela avoir promis de venir à sept heures. Pour sa part, il était disposé à attendre une petite demi-heure, pour réfléchir, se préparer à parler de Dimytch, mettre au point je ne sais quelles fredaines qui lui permettraient de prendre de court Véra ou l'un des serveurs et d'apprendre ainsi toute la vérité, qu'ils connaissaient chacun entièrement, il en était parfaitement convaincu. Simplement, ils n'étaient pas pressés de lui en faire part. Ils la lui servaient par portions, comme au restaurant, transformant la moindre petite information en plat de gourmet qu'on peut seulement essayer mais qui ne peut malheureusement ni faire un repas ni satisfaire la faim.

Il passa en revue dans sa tête tout ce qu'il avait pu tirer la veille de Véra. Le principal, bien sûr, c'était le testament. Mais il ne pourrait le lire que dans deux jours. Et il y avait peu de chances qu'il y trouve mention de ce qui était arrivé à son auteur, du jour et de la cause de sa mort. Il devrait orienter toutes les conversations vers ce point.

C'est la petite Véra qui lui apporta le menu.

– On a préparé pour vous aujourd'hui des rognons de lapin à l'étouffée sur un lit de poireaux. Mais, pour commencer, un soufflé de champignons et tomates à la sauce moutarde. De la vodka pour accompagner ?

– Oui, un petit verre… approuva-t-il. Puis il ajouta un sourire à son regard et demanda :

– Et tout ce festin, c'est vous qui allez le préparer ?

– Oui, mais ne croyez pas que je le fasse de gaieté de cœur.

Sa réponse le laissa perplexe. Véra se reprit :

– Pardon, je le fais bien volontiers… Ce que je voulais dire, c'est que ce n'est pas moi qui ai préparé le menu.

– Qui donc, alors ? On peut imaginer que c'est Dimytch ?

– C'est bien lui. Il a indiqué ce qu'il fallait vous donner pour chaque repas.

– C'est quoi ça ? Une des dernières volontés du défunt ?

– Il ne faut pas parler ainsi de lui ! le réprimanda Véra, qui n'appréciait pas le sarcasme. Je vais faire la cuisine. Et vous, vous feriez mieux de lire cette lettre qu'il m'a écrite un jour !

Et elle déposa une enveloppe sur la table.

Après avoir examiné le tampon et constaté que la lettre avait été expédiée d'Odessa à Voronèj le 23 janvier 1991, Soleïlov sortit de l'enveloppe deux minces feuilles de papier à lettre, couvertes d'une écriture serrée. Il soupira, éprouvant le malaise qu'on a à lire les lettres d'autrui.

Ma chère petite nièce,

Je suis déçu à l'idée qu'il me sera impossible de venir chez vous pour fêter ta majorité. À ce moment-là, je serai quelque part en Équateur, en train de nourrir des touristes. Mais j'espère que je peux compter sur la poste soviétique et que dans une semaine ou deux, tu auras une surprise. Je prépare mes affaires en ce moment, avant de m'embarquer et je fais mes comptes : combien de bêtises j'ai faites dans ma vie ? C'est comme une habitude. Je laisse les bêtises à terre et j'essaie de n'emporter à bord que les choses les plus importantes et les meilleurs souvenirs. Ta visite récente est l'un de mes plus beaux souvenirs et même la façon dont ta mère désapprouve mon mode de vie ne pourra le gâcher. C'est quelqu'un de bien, mais de rigoureux. Moi aussi je suis quelqu'un de bien, mais de pas rigoureux. J'espère qu'elle n'est pas malade et qu'elle pourra t'aider à préparer un bel anniversaire. L'été prochain je vais faire une remise à neuf de mon palais et, c'est promis, vous aurez toujours une chambre prête pour vous accueillir pendant l'été. Et si tu décides de venir me rendre visite sans ta mère mais en compagnie d'un jeune homme (ne montre surtout pas cette lettre à Tonia !), j'en serai également ravi et je garantirai l'alibi et la « surveillance ». (Tu sais, il vaut mieux que tu brûles la lettre après l'avoir lue, sinon tes parents seront furieux contre moi et ils ne te laisseront pas venir me voir !)...

– Voici la vodka ! entendit Soleïlov au-dessus de sa tête et il vit aussitôt descendre devant lui une carafe et un petit verre.

La carafe se souleva, remplit le verre et se posa à côté de lui. Soleïlov remercia d'un signe de tête et replongea dans sa lecture.

… Au fait, quand Tonia m'a fait des reproches devant toi, elle exagérait. C'était sans doute pour t'impressionner. Je n'ai jamais laissé tomber cinq femmes avec des enfants. J'ai eu, en tout et pour tout, deux femmes officielles et, même elles, je les ai laissées en paix. Et j'ai vérifié par la suite que tout allait bien pour elles. Chez la dernière, j'ai même réparé les toilettes et refait le papier peint sur les murs. Ne me juge donc pas trop sévèrement. Je t'écrirai bientôt une autre lettre. Je choisirai des îles où les timbres sont beaux et je t'enverrai un mot.
Je t'embrasse,
Ton oncle Séva.

Vania Soleïlov remit la lettre dans l'enveloppe et porta le verre de vodka à ses lèvres. Il aperçut alors une soucoupe avec des olives qu'il n'avait pas remarquée auparavant. Il avala la vodka, expédia à sa suite deux olives et réfléchit. Il pensait à la lettre. Pourquoi

Véra la lui avait-elle donnée à lire ? Une lettre aussi personnelle ? Ah, bien sûr ! Tout le monde la considérait comme la maîtresse de Dimytch et là, elle était la « petite nièce ». Peut-être que ça n'avait rien empêché, mais Soleïlov se rendit compte qu'il éprouvait, à l'égard de la petite Véra, une tendresse plus chaleureuse. Les secrets qu'elle cachait à sa mère et l'amitié qui la liait au « mauvais » oncle, qui abandonnait des femmes avec enfants et naviguait en Équateur. Il fut piqué par la jalousie et le sort de cette petite Véra lui fit envie. Son enfance à lui, passée à l'orphelinat, le traversa comme un tramway fonce en ligne droite jusqu'au terminus, là où on l'avait fait descendre, lui, Vania Soleïlov, flanqué d'une valise en carton-pâte marron, qui contenait le « lot de fin d'études » : trois paires de chaussettes grises, trois caleçons de taille moyenne, où il allait falloir réparer l'élastique, le sortir, refaire un nœud à l'intérieur, tout cela soigneusement repassé. Et aussi une boîte en métal jaune avec un rasoir et des lames Vostok, même s'il ne se rasait pas encore.

Soleïlov soupira, émergeant un instant de ses souvenirs d'orphelinat. Et il sentit qu'il était à nouveau attiré vers ces temps éloignés. Son avenir était alors imprévisible. Il était le seul, parmi les garçons, à n'avoir pas pris l'orientation du lycée militaire. Il était donc seul à avoir le sentiment qu'en fait, ce lycée, il venait d'en sortir. Il s'appelait Orphelinat Le Soleil. Et le soleil en question, c'était le directeur, un colonel-tankiste à la retraite, du nom de Grigori Mikhaïlovitch, mais que les enfants de l'orphelinat nommaient entre eux « Griche-miche ».

Soleïlov se rendit compte que ce qu'il mangeait était délicieux. Et aussi qu'il était rigoureusement seul. Il chercha autour de lui, il n'y avait personne, ni Génia, ni Tarass-Tacis, ni Véra. Et pas un convive dans la salle. La lumière était tamisée. Il laissa en plan ses rognons de lapin et se leva. Il prêta l'oreille, s'approcha de la sortie. Il jeta un coup d'œil, fit un pas sur le trottoir, se retourna et aperçut sur la porte une pancarte : « Veuillez nous excuser, ce soir SOIRÉE PRIVÉE. »

Il retourna, perplexe, à sa table. Il remarqua qu'il avait à sa droite une assiette vide avec les restes d'un plat déjà terminé. « C'était le soufflé tomates-champignons ! », pensa-t-il, mais il n'arrivait pas à s'en remémorer le goût. Heureusement, il lui restait des rognons, et ils étaient vraiment excellents. Et ils lui rappelèrent l'arôme des épices de la veille, en tout cas il lui vint dans la bouche des allusions gustatives, des métaphores, des citations, qui le ramenaient vers un passé lointain aussi bien que dans les saveurs du soir précédent.

Personne, donc, ne vint lui tenir compagnie. Mis à part Génia qui surgit soudain avec un plateau. Sur la table étaient apparus une tasse de café et un pain d'épices sur une petite assiette, la vaisselle sale et la carafe vide s'était envolées. Le pain d'épice attira l'attention de Soleïlov, c'était un de ces biscuits moulés dont le bas-relief décoré au sucre représentait les trois preux du tableau de Vasnetsov. Il le tâta entre les doigts, le renifla, il avait l'air frais. En plissant les yeux, Soleïlov visualisa aussitôt ce tableau classique avec ses trois cavaliers, mais cette fois de taille énorme : c'était la reproduction qui ornait le hall d'entrée de son orphelinat. Tous ceux qui entraient tombaient dessus immanquablement. Le pain d'épices à la main, Soleïlov s'approcha de la porte par où avait disparu Génia et l'entrouvrit.

Génia était assis sur une chaise et lisait près du réchaud. Jusqu'à ce que la porte s'ouvre. Puis il leva la tête.

– Excusez-moi, où est Véra ? demanda Soleïlov.

– Véra ne se sentait pas bien. Elle est allée chez le coiffeur. Elle va arriver, vous n'avez qu'à l'attendre...Vous voudrez un cognac ?

Soleïlov accepta et retourna à sa table. Le cognac ne lui procura pas d'excitation, bien au contraire. Véra se pointa dans le restaurant mais lui demanda aussitôt de la raccompagner chez elle. Il n'eut même pas le temps de régler la note. Il lui rappela simplement qu'elle devait la tenir prête, mais elle le coupa net en disant qu'il n'en était certainement pas à son dernier repas dans la maison.

Ils longèrent lentement le Pétchersk. Véra s'accrochait à son bras. Son manteau gris au col de renard argenté lui donnait l'air d'une petite souris. Elle avait sur la tête un châle léger de laine d'Orenbourg qui cachait sa nouvelle coiffure.

– Vous m'avez promis qu'on parlerait ce soir de Dimytch, dit Soleïlov.

– J'ai fait plus que vous le promettre, répondit-elle tranquillement. Revenez demain !

6

Le lendemain matin, Soleïlov reçut un coup de fil de l'Association des chefs indépendants d'Ukraine, on voulait savoir où il en était de son enquête.

– Je suis à mi-parcours, répondit-il. Encore un jour ou deux et tout s'éclaircira.

Il faut reconnaître que l'interlocuteur était à la hauteur, il ne chercha pas à en savoir davantage. Il lui souhaita bonne chance et l'avertit qu'on lui avait expédié quelque chose à son adresse personnelle.

La journée s'annonçait froide et pluvieuse. C'est bien à contrecœur que Soleïlov sortit acheter du pain et du fromage. Il mit ensuite longtemps à se réchauffer en buvant du thé. Il n'était pas plus enthousiaste quand il se mit en route dans le noir pour le *Casanova* et son troisième repas de « travail ».

Sur la porte du restaurant, il trouva la même pancarte que la veille : « SOIRÉE PRIVÉE ». Il ne s'en inquiéta pas. Il avait déjà compris que c'était ainsi qu'on désignait ses dîners particuliers. Que c'était à lui qu'iraient tous les soins, conformément au menu *post mortem* de Dimytch.

– Aujourd'hui, nous avons de la truite saumonée « à la slave », annonça, au-dessus de lui, Tarass-Tacis.

Il avait revêtu, cette fois, une tenue laissant imaginer qu'il s'apprêtait à passer la nuit en boîte ou au casino : une veste de luxe d'un rouge éclatant avec un col droit, un pantalon de smoking et un nœud bleu marine.

– La truite est accompagnée de petits pois mexicains et d'une mousse de carottes. Et arrosée d'un chardonnay 1996. En entrée, un œuf d'oie farci d'un pâté de crevettes aux œufs de perdrix et au caviar noir. Pour ne rien vous cacher, on devait y ajouter du trépang moulu, mais il n'y a pas eu moyen d'en trouver. Sévérian Valériévitch pouvait préparer ça sur son bateau, mais nous, que voulez-vous… Tout le reste est conforme au testament !

– Conforme au menu ? rectifia Soleïlov.

– Si vous voulez, on peut dire ça comme ça…

Tarass-Tacis prit congé d'un geste un peu trop élégant, comme si le client pouvait l'apprécier.

À nouveau Soleïlov trouva l'atmosphère trop tranquille et il se perdait en suppositions : est-ce que quelqu'un allait venir lui parler de Dimytch ? Mais soudain la porte d'entrée s'ouvrit et Génia fit son apparition en refermant son parapluie. Il salua bruyamment et fila en cuisine. Puis il en ressortit en tenue de service et vint s'asseoir à côté de Soleïlov.

– Dites-moi, vos parents, vous les aimiez ? demanda-t-il.

– Oui, mais je ne les connaissais pas… J'ai grandi en orphelinat.

Le visage maigre de Génia exprima de l'étonnement, puis un éclair d'inspiration traversa son regard et ses traits retrouvèrent leur calme.

– Je vais aider Tarass, dit-il en se levant avec grâce de la table.

« Où est donc la petite Véra ? » se demanda Soleïlov, qui ne se sentait pas très à l'aise en compagnie des deux serveurs trop gracieux qui n'étaient certainement pas disposés à lui livrer des secrets.

Peu après, les deux serveurs revinrent à sa table. L'un ouvrit la bouteille de chardonnay, l'autre disposa trois verres à vin : voilà qui était de bon augure. Ils allaient donc quand même s'asseoir.

Et c'est ce qu'ils firent. Il est vrai que Tarass-Tacis ne fit que tremper ses lèvres et se sauva à la cuisine. Mais Génia resta à la table :

– Véra vous a parlé ? demanda-t-il, les yeux plissés.

– À quel sujet ? fit Soleïlov, l'air étonné. À propos de Dimytch ?

– Comme ça, en général… à propos de Dimytch, et aussi du testament…

– Et vous, allons, vous ne savez rien ? fit Soleïlov, méfiant. Si je viens ici, c'est pour essayer de comprendre ce que vous savez, mais vous n'êtes pas très bavard…

Génia, en signe de regret, fit une petite grimace.

– Nous, nous ne savons pas grand-chose, c'est Véra qui peut…

– Ne dites pas que vous n'avez pas vu le testament !

– Non… (Génia le fixa droit dans les yeux.) Elle nous a donné seulement le menu qui vous était destiné. C'est sûr que c'est Dimytch, c'est son écriture…

– Je peux jeter un coup d'œil dessus ?

– Pour quoi faire ? s'étonna Génia. Il vaut mieux pas… Ça ne plairait pas à Véra…

– Comme ça, vous avez peur d'elle ?

– Je vais voir ce que fait Tarass… Il a peut-être besoin d'un coup de main…

Il était plus qu'évident que Génia ne voulait pas prolonger l'entretien. Soleïlov buvait son vin par petites gorgées en contemplant les deux verres encore à moitié pleins. Au moins, ce qui était clair, c'était les relations de subordination qui régnaient dans le restaurant. Depuis la disparition ou la mort de Dimytch, c'était *de facto* Véra qui était la patronne. Les deux, maintenant qu'ils n'avaient plus la protection de Dimytch, craignaient de perdre leur place et, en fin de compte, ils avaient de bonnes raisons de s'inquiéter pour leur avenir.

Tarass apporta très vite l'œuf d'oie farci et retira de la table les deux verres encore pleins, soulignant ainsi que la conversation était terminée.

Soleïlov entama son hors-d'œuvre. Un goût inattendu, à la fois tendre et épicé, l'arrêta dans ses pensées. Il mangeait avec l'attention et la curiosité d'un savant en train de fragmenter et décomposer la totalité des ingrédients du plat. Et soudain il retrouva à nouveau ses souvenirs d'enfance : le visage de son ami Pachka de l'orphelinat lui revint. Un sourire un peu bête, des yeux effrontés, un front étroit et une curiosité insatiable, le désir d'apprendre le maximum. Ce qui le passionnait le plus, c'était les systèmes de codes. En cinquième classe il avait fait, en tapant en morse sur le pupitre, une déclaration d'amour à la maigre Svetka. En septième, il avait imprimé en braille une lettre à une jeune institutrice qui l'avait portée à la Société des aveugles et malvoyants. Ceux-ci lui en avaient, apparemment, déchiffré à voix haute le contenu, ce qui avait valu à Pachka de se voir décerner une gifle en pleine classe.

Pourquoi tout cela lui revenait-il ? C'était encore une histoire de décalage. Parce que ces recettes de cuisine sophistiquées étaient bien au-dessus du niveau de celles de Dimytch, de celles en tout cas dont il avait l'habitude. Même sous son bonnet amidonné, il cuisinait plutôt une nourriture simple et peu apprêtée : en Allemagne, il aurait été le dieu des saucisses et des côtelettes, en France les spécialités d'Alsace auraient fait sa réputation, en Sibérie, les raviolis locaux. Mais les rognons de lapin, la truite « à la slave » et cet œuf d'oie farci, auquel il manquait, il est vrai, le trépang moulu ? Ça ne pouvait pas avoir le moindre rapport avec lui. Soleïlov n'était d'ailleurs pas sûr à cent pour cent de l'authenticité de ses aventures de gastronomie maritime à bord des navires de commerce. On pouvait lui trouver l'air d'un maître d'équipage, mais certainement pas celui d'un coq, encore moins d'un chef officiant sur un paquebot de croisière. Mais pourquoi, dans ce cas, était-ce le souvenir de Pachka qui lui était revenu ? Sa trogne ne permettait pas non plus d'attribuer à son propriétaire ni intelligence ni vertu particulières.

La truite était effectivement rose saumon et les pois mexicains rappelaient par leur taille et leur forme des noisettes épluchées. Là, les qualités gustatives gagnaient en simplicité. Le goût de la truite n'était pas nouveau pour Soleïlov, même si le nombre des truites qu'il avait mangées durant les trente-deux ans de sa vie se comptait sur les doigts des deux mains.

Il se versa lui-même du vin. Il trinqua en se souhaitant bonne chance. Mais il ne réussit pas, malgré tout, à faire choquer les verres. La résignation le gagna et il pensait déjà pouvoir se passer de convives, il se félicitait même de ne pas avoir à parler. Mais cette harmonie fut rompue. La petite Véra entra dans le restaurant. Elle replia son petit parapluie, le déposa sur le sol.

Elle accrocha son manteau. Elle était vêtue du tailleur strict que portent les femmes d'affaires, ce qui soulignait certaines de ses qualités qui n'étaient en rien celles d'une femme d'affaires. Elle s'approcha.

– C'est bon ?

– Excellent.

– Je reviens tout de suite.

Et elle disparut dans la cuisine. Sa voix résonnait derrière la porte. On entendait, beaucoup plus assourdies, celles de Génia et de Tarass-Tacis. On devinait bien d'après les intonations que c'était Véra qui dominait la conversation.

Elle vint s'asseoir près de Soleïlov et se mit alors à soupirer en hochant la tête.

– Ils n'en font qu'à leur tête ! murmura-t-elle en regardant la porte de la cuisine.

Au bout de quelques minutes d'attente silencieuse, Tarass-Tacis sortit, de sa démarche empressée, en tenant un plateau. Devant Soleïlov et Véra s'abaissèrent deux grandes assiettes, sur lesquelles était « dessiné » un dessert sophistiqué. Une feuille de menthe, une cerise confite et des petites branches où allait être révélé le secret ou le crime, son meilleur costume, en velours bleu marine. Pour orner sa chemise de drap noir, il avait choisi une cravate étroite, brodée dans le style populaire ukrainien, non pas nouée, il détestait ça, mais accrochée sous le col par un élastique. Véra aussi était en tenue décontractée, elle portait sa mini-jupe rouge foncé et un pull en mohair rose. Sa coiffure lui fit remarquer pour la première fois qu'elle avait des cheveux magnifiques et, même si elle lui parut un peu démodée, elle soulignait parfaitement l'ovale de son visage : ses cheveux étaient soigneusement ramenés derrière les oreilles et revenaient ensuite librement vers les joues, mettant en valeur ses yeux maquillés au regard pénétrant. C'était le style des années 1930.

Véra ne fit que partager le dessert avec Soleïlov, et, là non plus, le raffinement n'était pas de mise : c'était une simple crème brûlée. La croûte était couleur cappuccino, mais le goût était plaisant. Soleïlov l'aurait savouré plus longuement étaient collées sur l'assiette avec une sauce sucrée et gluante de couleur rouge. Et sur le côté, il y avait une grosse boule de sorbet rose à l'orange, dont la disposition par rapport au centre évoquait vaguement une planète évoluant autour de la terre en parcourant son orbite elliptique.

– Les mets véritables, on les goûte d'abord avec les yeux, dit Véra dont le regard eut une étincelle romantique.

Soleïlov comprit qu'elle venait de citer Dimytch.

– Ce ne sont pas vos frères ? demanda-t-il en désignant la porte de la cuisine.

– D'où sortez-vous ça ? s'étonna-t-elle.

Il prit un peu de sorbet dans sa petite cuiller et le déposa sur sa langue. Le goût délicat lui fondait dans la bouche.

– En fait, j'ignorais que vous étiez la nièce de Dimytch. C'est pour ça que je me suis demandé si ce n'était pas un restaurant de famille.

– Ça le sera bientôt, renchérit Véra. Si ces deux-là se marient et qu'ils vous prennent comme fils adoptif...

7

Comparé au précédent, le quatrième repas sembla à Soleïlov très peu raffiné. Voire grossier et populaire. Même si le plat principal s'appelait « Veau à la portugaise aux röstis suisses ». Et la salade qu'apporta Tarass-Tacis était bizarre, elle aussi, faite de légumes marinés. On aurait pu imaginer que c'était juste une salade d'hiver en semi-conserve, achetée au magasin du coin, sauf qu'il y avait dedans quelques morceaux de mangue fraîche et des litchis hachés menu.

Soleïlov avait entamé son repas dans une solitude un peu minable, en compagnie d'un verre de vodka finlandaise à l'airelle, mais, selon la tradition établie, Véra vint le rejoindre ensuite. Il avait mis pour l'occasion, puisque c'était le jour solennel où allait être révélé le secret ou le crime, son meilleur costume, en velours bleu marine. Pour orner sa chemise de drap noir, il avait choisi une cravate étroite, brodée dans le style populaire ukrainien, non pas nouée, il détestait ça, mais accrochée sous le col par un élastique. Véra aussi était en tenue décontractée, elle portait sa mini-jupe rouge foncé et un pull en mohair rose. Sa coiffure lui fit remarquer pour la première fois qu'elle avait des cheveux magnifiques et, même si elle lui parut un peu démodée, elle soulignait parfaitement l'ovale de son visage : ses cheveux étaient soigneusement ramenés derrière les oreilles et revenaient ensuite librement vers les joues, mettant en valeur ses yeux maquillés au regard pénétrant. C'était le style des années 1930.

Véra ne fit que partager le dessert avec Soleïlov, et, là non plus, le raffinement n'était pas de mise : c'était une simple crème brûlée. La croûte était couleur cappuccino, mais le goût était plaisant. Soleïlov l'aurait savouré plus longuement s'il n'avait soudain vu sortir de la cuisine un homme d'une cinquantaine d'années, qui lui était parfaitement inconnu... C'était un géant de deux mètres en costume sombre et chemise blanche, au visage tout aussi morne que sa cravate. Il fit à Véra un signe de tête à la fois prudent et interrogatif. Elle lui désigna la chaise vide qui était à leur table. L'homme avait à la main une serviette de cuir. Il examina la chaise attentivement avant de s'asseoir dessus.

Véra fit les présentations :

– Piotr Valtsman. Conseiller juridique de la guilde des chefs cuisiniers.

– La guilde des chefs cuisiniers ? reprit Soleïlov. Vous avez un rapport quelconque avec l'Association des chefs indépendants d'Ukraine ?

– Non, aucun, répondit sèchement le juriste. Nous n'avons rien en commun. Nous ne faisons pas de politique. Seulement de la gastronomie.

« Tiens, pensa Soleïlov, ce qui veut dire que l'Association a à voir avec la politique ? »

Pendant ce temps, le juriste ouvrit son cartable et en sortit un dossier sous plastique transparent. Il fixa son regard sur Soleïlov, comme s'il attendait que celui-ci lui tende un document en retour.

– Si je comprends bien, vous êtes mandaté ici par l'Association, fit-il en passant la langue sur ses grosses lèvres sèches. Disons que ce que je vais maintenant vous dire et vous montrer ne doit pas nécessairement être communiqué à autrui. Ça vous concerne, vous personnellement, plus que votre mission. Vous comprenez ?

Soleïlov fit signe que oui.

Le juriste sortit alors un document magnifique, muni de tous ses tampons d'enregistrement. Et il se mit à lire :

– Je, soussigné Nikodimov Sévérian Valériévitch, ayant tout mon bon sens et ma mémoire intacte, établis les dispositions suivantes en tant que ma dernière volonté :

« Je lègue tous mes biens, mobiliers et immobiliers, ainsi que tous mes liens, familiaux et autres, à mon fils unique Soleïlov Ivan Vladimirovitch, à la condition qu'il mange, en toute conscience ou bien à son insu, au cours de quatre repas, les cendres de mon incinération. Les menus et l'indication précise des recettes et proportions nécessaires à la fabrication des plats ont été établis en présence du notaire, P. A. Valtsman, et seront remis par moi à ma nièce, Véra Ivanovna Volina, que je charge de veiller à l'exécution de mon souhait principal. Je prie mon fils, Ivan Vladimirovitch Soleïlov, une fois qu'il aura mangé mes cendres, de considérer que ma faute a été rachetée, de me pardonner de l'avoir retrouvé si tard et de ne plus avoir de griefs à mon égard. »

Il y eut alors un léger grincement à la porte de la cuisine. Véra jeta un regard furieux dans cette direction, le juriste également, mais ils revinrent au testament.

– Date et signature, ajouta-t-il.

Ayant achevé sa lecture, il se tourna alors vers Véra.

– La dernière volonté du défunt a-t-elle été accomplie entièrement ? demanda-t-il.

Elle fit un signe affirmatif et regarda Soleïlov.

– Alors, comme ça, je suis son fils ? proféra-t-il.

– Oui, répondit Véra. Dimytch m'a laissé des papiers qui le confirment. On verra ça demain…

– Et… j'ai réellement mangé ses cendres ?

Elle fit signe que oui. Le juriste, qui avait observé attentivement son geste, eut un sourire satisfait et entreprit de ranger le document dans son cartable.

– Vania, dit Véra avec une tendresse soudaine, il faut que tu dormes bien cette nuit… Et demain, nous déciderons ensemble comment envisager la suite… Rentre chez toi !

Dehors, il pleuvait. Soleïlov aurait pu prendre un taxi et se faire couler un bon bain ou boire du thé dans sa cuisine pour se réchauffer. Mais il ne se sentait pas très à l'aise. Il barbotait dans les flaques du soir avec ses chaussures neuves tandis qu'invariablement la même phrase tournait dans sa tête : « J'ai mangé mon père ! »

Il ne se retrouva chez lui qu'à minuit sonné. Il retira son imper et son chapeau. Il entra dans la cuisine mais fut alors saisi d'une pensée qui le frappa comme un coup de marteau : il ne connaissait toujours pas la cause du décès ! Il s'approcha du téléphone sans vraiment espérer trouver encore Véra. Contre toute attente, elle était encore là.

– Tu veux savoir de quoi il est mort ? lui répondit-elle tranquillement. D'un diabète. Il aimait trop le sucre.

Le lendemain, alors qu'il s'apprêtait à venir retrouver Véra au Casanova, Soleïlov tira de sa boîte aux lettres une enveloppe de format allongé. Elle était expédiée par l'Association des chefs cuisiniers indépendants d'Ukraine. L'enveloppe contenait une invitation, joliment gravée, à une exposition des réalisations de l'art gastronomique, dont le titre proclamait fièrement : « La gastronomie indépendante d'Ukraine a dix ans ! » L'exposition était patronnée par la petite-fille du président.

Soleïlov s'arrêta. L'invitation lui rappelait qu'il avait oublié ce matin-là quelque chose de tout à fait important. C'était bien ça. Il remonta chez lui et se mit soigneusement à se brosser les dents.

Littérature en « Piccolo »
dernières parutions

et retrouvez tout notre catalogue sur www.lianalevi.fr

N° 71

Ernest J. Gaines

Par la petite porte

Copper, fils métis et illégitime du maître blanc, revient dans la plantation où il est né. Mais cette fois il refuse de passer par la petite porte…

N° 73

Markus Orths

Femme de chambre

Une femme de chambre obsessionnelle entre de force dans l'intimité des clients de l'hôtel où elle travaille.

N° 74

Fabrizio Gatti

Bilal sur la route des clandestins

Un journaliste italien se fait passer pour un immigré et tente de rejoindre l'Europe depuis Dakar. Bouleversant.

N° 75

Andreï Kourkov

Surprises de Noël

Trois nouvelles inédites d'Andreï Kourkov, trois contes de Noël empreints de bizarrerie et d'optimisme.

N° 76

Iain Levison

Trois hommes, deux chiens et une langouste

Trois lascars inexpérimentés se demandent comment passer d'un petit boulot… à un gros magot !

N° 78

Qiu Xiaolong

La bonne fortune de monsieur Ma

Monsieur Ma, le libraire de la cité de la Poussière Rouge est arrêté. Son crime : posséder un ouvrage subversif à propos d'un certain docteur russe.

N° 79

Alfio Caruso

Willy Melodia

Willy Melodia, musicien à l'oreille absolue, observe et accompagne au piano le New York mafieux des années 20.

N° 80

Fabio Geda

Pendant le reste du voyage, j'ai tiré sur les indiens

Emil, un jeune Roumain immigré en Italie traverse l'Europe à la recherche de son grand-père qu'il ne connaît qu'au travers de quelques lettres.

N° 81

Martine Laval

Quinze kilomètres trois

Un paysage de la Côte d'Opale. Deux gamines, un secret… Et un mardi, tout bascule.

N° 82

Lionel Salaün

Le retour de Jim Lamar

Jim, un vétéran du Vietnam, et le jeune Billy bouleversent les conventions dans une petite ville au bord du Mississippi. Un premier roman 10 fois primé.

N° 83

Kim Thúy

Ru

Une *boat people* exilée au Québec voyage à travers le désordre de ses souvenirs. Récit entre la guerre et la paix, *Ru* restitue le Vietnam d'hier et d'aujourd'hui. Une révélation.

N° 84

Seth Greenland

Un patron modèle

En héritant du pressing de son frère, Marcus découvre des activités de blanchiment insoupçonnées. Hilarant.

N° 87

Iain Levison

Arrêtez-moi là !

Un chauffeur de taxi est accusé à tort d'enlèvement. L'histoire de son procès souligne avec humour et cruauté les dérives du système judiciaire américain.

N° 88

Silvia Avallone

D'acier

Anna et Francesca, bientôt quatorze ans, rêvent d'un chemin hors de la cité ouvrière de Piombino. Un premier roman poignant. Un auteur magistral.

N° 89

Andreï Kourkov
Le Caméléon
Les annotations étranges d'un roman ukrainien conduisent Nikolaï vers une carte au trésor.

N° 90

Silvia Avallone
Le Lynx
Un malfrat sur le déclin croise sur une aire d'autoroute un adolescent paumé. Cette rencontre improbable changera le cours de sa vie.

N° 91

Fabio Geda
Dans la mer, il y a des crocodiles
Enaiat, un Afghan d'une dizaine d'années est abandonné par sa mère au Pakistan. Son périple le conduira jusqu'en Italie. Un récit d'enfance bouleversant.

N° 93

Virginie Ollagnier
Rouge argile
Rosa revient dans sa maison familiale au Maroc, quittée vingt ans auparavant. Un retour aux sources qui remet sa vie en question.

N° 95

Qiu Xiaolong
Des nouvelles de la Poussière Rouge
À travers les récits des habitants d'un quartier traditionnel de Shanghai, précarité, ambition et amour se déclinent selon la grammaire socialiste.

Cet ouvrage a été achevé d'imprimer en mars 2013
dans les ateliers de Normandie Roto Impression s.a.s.
61250 Lonrai
N° d'impression : 131062
Dépôt légal : avril 2013

Imprimé en France